**HAYMON** verlag

Jürg Amann

# Die Reise zum Horizont

*Novelle*

Die Rechtschreibung des Autors orientiert sich an den Empfehlungen
der Schweizer Orthographischen Konferenz SOK.

Gedruckt mit Unterstützung durch das
Präsidialdepartement der Stadt Zürich.

© 2010
**HAYMON** verlag
Innsbruck-Wien
www.haymonverlag.at

Alle Rechte vorbehalten. Kein Teil des Werkes darf in
irgendeiner Form (Druck, Fotokopie, Mikrofilm oder in einem
anderen Verfahren) ohne schriftliche Genehmigung des Verlages
reproduziert oder unter Verwendung elektronischer Systeme
verarbeitet, vervielfältigt oder verbreitet werden.

**ISBN 978-3-85218-640-5**

Umschlag- und Buchgestaltung:
Kurt Höretzeder, Büro für Grafische Gestaltung, Scheffau/Tirol
Mitarbeit: Ines Graus

Gedruckt auf umweltfreundlichem,
chlor- und säurefrei gebleichtem Papier.

„Die Welt hat ohne den Menschen begonnen,
und sie wird ohne ihn enden."
*Claude Lévi-Strauss*

„Einen Horizont, den berührt man
nicht, den glaubt man zu sehen,
wie eine deutlich gezogene Linie
zur Abgrenzung einer Landschaft,
aber das hindert die Landschaft nicht,
dahinter weiterzugehen."
*Ania Carmel*

*Von einem Augenblick auf den andern waren wir mit unserem seltsamen, gebauten Vogel also ins Taumeln geraten. Wir stürzten. Vor der Sonne zurück. Am Mond wieder vorbei. Durch die schwarze Leere des Raums. Auf die blaue, leuchtende Erde zu. Auf die weissen Schlieren und Wirbel der Wolken zu. Auf eine graue Betondecke aus Wolken zu, auf der wir unseren Schatten von weitem erkannten. In eine Schafherde aus Wolken hinein, in der unser Schatten unruhig mitlief. Als wir aus den Wolken herausfielen, stürzte der Schatten mit uns über Berge und Bergwände hinunter, die sich um uns zusammenschlossen, und auf das Eis eines Gletschers hinab, der uns seinen zerschundenen Rücken entgegenwölbte. Als wir mit unserem Schatten zusammenfielen, schlugen wir auf.*

Ikarus

I

Nach dem Aufschlag war es zuerst ganz still gewesen. Still wie still. Kein Vergleich. Mit nichts. Obwohl das natürlich gar nicht sein konnte. Gehörsturz vielleicht, nach dem plötzlichen Weltsturz. Nach dem Druckabfall von einem Augenblick auf den andern. Druckabfall, Druckanstieg? Druckexplosion jedenfalls. Lautlos. Eine vorübergehende Taubheit. Taubheit der Seele. Dessen, was man gewohnt war, Seele zu nennen. Keinerlei Geräusch mitten in der Hölle. Zersplitterndes, zerberstendes Metall rund um die Ohren. Aber ohne Geräusch. Treibstoffexplosionen rundum, aufschiessende Flammen, Feuergarben, sich aufblähende, in sich zusammenfallende Feuerkugeln. Ohne jedes Geräusch. Ein paar Sekunden? Ein paar Minuten? Erst ein paar Sekunden oder Minuten nach dem Ereignis setzte das akustische Gedächtnis der Welt wieder ein. Und nur eine schwache Minute vor dem Ereignis hatte es ausgesetzt. Das war aus den Daten des Flugschreibers zu ersehen, den man später als erstes geborgen hatte. Auf dem voice-recorder, der kurz darauf gleichfalls gefunden worden war, waren die menschlichen Stimmen zu ebendiesem Zeitpunkt verstummt. Und sie sollten sich aus der Stille auch nicht wieder erheben.

II

Wir lagen auf einem Eisfeld, auf das unser Flug uns also geworfen hatte. Wir, das waren wir, wir alle, die wir dabei gewesen waren, alle, die den Absturz überlebt hatten, und alle, die den Absturz nicht überlebt hatten. Um uns herum nichts als Eis und Schnee, und hie und da ein Stück dunkler Fels, das durch das Weiss hindurchschien oder hindurchstiess. Das sah man, nachdem sich zuerst der Rauch und dann auch der Nebel ein wenig verzogen hatten. Das sahen die von uns, die den Absturz wenigstens vorerst überlebt hatten. Und überall, weit herum, die ausgebrannten, die ausbrennenden Trümmerteile der Maschine und die verkohlten, verkohlenden Körperteile der Passagiere. Gepäckstücke, Teile der Fracht. In der Luft lag der penetrante Geruch von verbranntem Kerosin und von verbranntem Fleisch, der sich nur langsam verzog.

Der Rumpf unseres Flugzeugs war der Länge nach aufgeschlitzt. Das Heck, etwa ab dem hinteren Drittel, war weggerissen. Die Flügel, die uns gerade noch getragen hatten, waren einer wie der andere abrasiert, als ob es nichts wäre, und ragten zerfetzt und zerknittert hinter uns links und rechts aus dem Schnee. Rauchend. Das Plexiglas, das uns eben noch vor Kälte und Höhe geschützt hatte, war aus den Fensterluken herausgebrochen oder klemmte zerborsten oder in Stücken in den Verengungen, die von diesen übriggeblieben waren. Das Cockpit steckte zusammengestaucht im Schnee und Eis eines Gegenhanges, der unserer endlosen Rutschpartie über Gletscherschrunden und Gletscherspalten hinab, nachdem wir am vorangegangenen Grat offenbar bäuchlings angehängt hatten, endlich doch ein Ende gesetzt hatte.

Viele von uns, wenn sie überhaupt noch irgendwo sassen, sassen im Freien. Andere lagen oder hingen noch in ihren Gurten oder waren aus ihren oder mit ihren Sitzen hinausgeschleudert worden und waren weiter entfernt oder näher als kleinere und grössere farbige oder wenigstens dunklere Punkte, die sich bewegten oder nicht mehr bewegten, in der Schneelandschaft auszumachen. Manche, die vielleicht nicht angegurtet gewesen waren oder die angegurtet gewesen und deren Gurte aufgrund der schlagartigen Abbremsung gerissen waren oder sich geöffnet hatten, waren kopfvoran, gesichtvoran gegen die nächstliegende Trennwand geprallt und lagen wüst zusammengestaucht und zusammengeworfen auf dem Boden des Rests von Röhre, der von unserem Fluggerät geblieben war. Wenn sie nicht zwischen oder unter den ob der Wucht des Aufpralls sich aus ihren Verankerungen reissenden und nach vorn schiessenden Sitzreihen eingeklemmt oder begraben worden waren. Die beiden Piloten, die an den zerbrochenen und mit ihrem Blut verschmierten Frontscheiben klebten, waren tot.

III

Aus der wieder geschlossenen Wolkendecke heraus schneite es leise. Die Konturen der Landschaft um uns herum, eines weiten, zwischen Gipfel und Grate gebetteten Talkessels, wie wir später erkannten, waren durch die Schraffur des Schneefalls hindurch mehr zu erahnen als wirklich zu sehen. Die Schreie und das Stöhnen der Verletzten und der Sterbenden klangen im Schnee, als ob man ihnen Watte in ihre offenen Münder gesteckt hätte. Wenn wir die Watte nicht in den eigenen Ohren hatten. Diejenigen von ihnen, die draussen herumlagen, in die Topographie geworfen oder noch selber herausgekrochen, und sich dagegen nicht wehren konnten, sanken bald in die Schneedecke ein, wurden von einer sich darüberlegenden dünneren Schicht zugedeckt und waren im Zwielicht der immer weiter fallenden Flocken schon nach kurzer Zeit nur noch als kleine Erhebung, als Wellenlinie in der Dünung des Weiss auszumachen. Diejenigen, die das noch konnten, hoben den Blick oder den Finger zum Himmel, um aufgrund von Wolkendichte, Windstärke und Windrichtung abzuschätzen, wie sich das Schneetreiben entwickeln und wie lange es dauern würde. Sie kamen zu keinem Befund; der Himmel gab keine Auskunft.

IV

Gerade noch hatten wir dort oben, über den Wolken, über Gott und die Welt geredet, über die Welt und Gott unsere Witze gemacht. Er kann froh sein, dass es ihn nicht gibt, frotzelten wir, wenn man sich seine Welt so ansieht. Unsere Welt, korrigierten wir uns. Mors certa, hora incerta: Todsicher geht die Uhr falsch!, scherzten wir weiter, als uns der Flugkapitän über die Lautsprecheranlage eine Verspätung ankündigte. Die, die es verstanden, lachten; die, die es nicht verstanden, lachten mit. Schnee von gestern, wiegelten wir ab, als wir die Ereignisse der Vorwochen besprachen. Unsere Siege, unsere Niederlagen.

Wir verständigten uns über die Sitzreihen hinweg, von vorne nach hinten, von hinten nach vorn. Schaut, sagten wir immer wieder dazwischen, wie schön die Erde von oben ist! Wir zeigten es uns, obwohl wir es ohnehin alle sahen. Wie schön diese Bergspitzen sind! Sie sahen nun aus wie Zähne. Ob das wohl gut ist, fragten wir plötzlich laut, was wir uns auch schon vorher gefragt hatten, ohne es aber ausgesprochen zu haben, dass wir so dicht an den Bergen fliegen? Einige beteten schon oder hielten zumindest die Hände gefaltet. Als die Maschine zu rütteln begann, hatten wir alle ein wenig Angst und redeten uns unsere Angst, gegenseitig, so gut es ging, wieder aus. Wir gehörten ja zusammen. Wir hatten ja zusammengehört, irgendwie. Die gemeinsame Reise hatte uns ja verbunden. Alle waren wir zu irgendetwas Wichtigem unterwegs gewesen. Alles war wichtig gewesen; das Kommende war immer das Wichtigste. Das musste nun ohne uns stattfinden. Das war nun nicht mehr so wichtig.

**V**

Pan, pan, pan, hatte zur gleichen Zeit die Besatzung an den Tower des Landeflughafens signalisiert: Santiago. Santiago von Fuerza Aerea five seven one. Five seven one heavy. Wir haben ein Problem. Schwere Turbulenzen. Wir haben nicht genug Schub. Wir können die Höhe nicht halten. Zur Zeit vierundzwanzigtausend Fuss. Bitte weiter mit dem Wetter. Bitte wiederholen Sie den letzten Wind. Wir fliegen im Moment auf Kurs null fünf null. Wir wollen möglichst bald landen. Im Moment sinken wir ab auf zwanzigtausend Fuss. Wir müssen Treibstoff ablassen. Können wir hier Treibstoff ablassen?

Im Moment Treibstoff an Bord ist zwei drei Punkt null Tonnen. Wir müssen dringend Treibstoff ablassen. Können wir das während des Sinkflugs tun? Wir brauchen mehr als dreissig Meilen. Wir versuchen achtzehntausend Fuss zu halten. Im Moment sind wir tiefer als die Gipfel. Wir müssen von Hand fliegen. Autopilot aus. Wir beginnen jetzt mit dem Ablassen des Treibstoffs. Ja, bitte Radarführung für sechs. Ja, Führung für sechs ist gut. Verstanden, es ist ein Gegenkursanflug. Bitte nennen Sie mir die Frequenz des Gegenkurses für Localizer. Eins null neun Punkt neun, verstanden. Wir drehen links auf Kurs Süd. Fuerza Aerea five seven one heavy. O.K., wir werden ausserhalb der Berge sein in fünfzehn Meilen. Warten. Bitte kurz warten. Wir brauchen mehr Schub. Wir kriegen die Maschine nicht hoch. Wir müssen sofort landen. Wir erklären Notlage jetzt. Fuerza Aerea five seven one deklariert Notfall jetzt. Zeit: ...

So sollte es der aus den Trümmern geborgene voice-recorder für die Ewigkeit überliefern. Dann brach der Funkkontakt ab.

## VI

Inzwischen hatten wir, die Lebenden, die Toten, soweit sie noch aufzufinden gewesen waren, zusammengetragen, aus ihren Sitzen oder dem, was davon übriggeblieben war, oder aus dem Schneebett, in das sie gesunken waren, geborgen und in Reih und Glied auf einem vom Wrack ein wenig entfernten Eisfeld in Schneegräbern, eines neben dem andern, abgelegt. Füsse, Beine, Hände, Arme, Rumpfstücke, Köpfe; es war entsetzlich. Da, wo es möglich war, fügten wir die Teile wieder zusammen. Es war selten genug der Fall. Alles andere legten wir in ein Gemeinschaftsgrab, so, wie es war, bloss oder in Kleider-

oder wenigstens Stoffresten, wie wir es eben fanden, wie wir sie eben fanden.

Die Verwundeten wurden, soweit sie noch zu versorgen waren, versorgt. Der Mannschaftsarzt des mitreisenden Rugbyteams und einer, der Medizin studierte, wenn auch erst im vierten Semester, waren im vordersten Rumpfteil gesessen und darum am Leben geblieben. Eine Stewardess, die einzige, die von der Crew überlebt hatte, weil sie sich zufällig ebenfalls im vorderen Bereich befunden hatte, als die Maschine aufschlug, hatte eine Ausbildung in Erster Hilfe. Sie konnte auch helfen. Die Bordapotheke und der Notfallkoffer des Arztes hatten den Absturz ohne grossen Schaden überstanden; daraus konnte tatsächlich erste und letzte Hilfe geleistet werden. Viele mussten der eigenen mehr oder weniger starken Natur überlassen werden. Bei den meisten wäre von vornherein jede Hilfe vergeblich gewesen. Die wurden ausgesondert. Der geübte Blick des Mediziners sagte ja oder nein. Ein paarmal sagte er ja, fast immer sagte er nein. Es war nichts zu machen. Und viele hatten wir gar nicht mehr aufgefunden.

VII

War nach der ersten Stille von allen Seiten Wehklagen zu hören gewesen, Schreie und Stöhnen wirklichen physischen Schmerzes und Wimmern und Jammern seelischer Versehrtheit und Verlorenheit, herrschte jetzt Sachlichkeit. Für uns Überlebende ging es vor allem darum, uns für die kommenden Stunden, allenfalls Tage, wie wir dachten, vor der Kälte zu schützen. Wir durften ja damit rechnen, innerhalb vernünftiger Frist gefunden zu werden. Bis zuletzt war unser Flug doch sicher auf den Bildschirmen zu sehen gewesen. Als pulsierender Punkt auf den Monitoren der Radarüberwachung. Und Funkkontakt, davon gingen wir aus, hatte bis kurz vor dem Ende gewiss auch bestanden. Zu einem bestimmten Zeitpunkt an einem genau zu bezeichnenden Ort waren wir akustisch und optisch verlorengegangen. Also mussten wir da auch wieder auffindbar sein. Punkt und Ort mussten doch in der wirklichen Welt, in der wirklichen Landschaft ausfindig gemacht werden können. So jedenfalls redeten wir uns, einer dem andern und jeder sich selber, zu. Und tatsächlich hatten wir auch schon bald nach dem Absturz und noch während der ersten Aufräumarbeiten von über der Wolkendecke Motorengeräusche gehört. Oder zu hören uns wenigstens eingebildet. Die näher gekommen waren, die sich entfernt hatten. Nicht alle, aber doch einige von uns, und andere schlossen es zumindest nicht aus, dass welche zu hören gewesen waren. Unsere Entdeckung und Rettung war also gewiss nur eine Frage der Zeit.

## VIII

Inzwischen mussten wir Massnahmen gegen die Kälte ergreifen. Für diese Höhe waren wir nicht gerüstet. Wir hatten ja nur von Ufer zu Ufer fliegen wollen, von Küste zu Küste, und da war es zur fraglichen Zeit warm. Da unten wäre jetzt Sommer gewesen, bei uns war es Winter. Aus den im Rumpf verbliebenen Koffern versorgten wir uns notdürftig mit wärmender Kleidung. Viel war das nicht, immerhin mehr als nichts. Wir waren ja nicht gerade zu einer Weltreise aufgebrochen, die meisten von uns; ein Sprung, ein Hüpfer über die Andenkette sollte es für die Mehrzahl sein, mehr nicht, und wieder zurück.

Nach einigen Tagen, spätestens Wochen wären wir wieder zu Hause gewesen. Aber wir behalfen uns, so gut wir konnten, wir halfen uns aus; was wir fanden, zogen wir uns in mehreren Schichten übereinander an. Was die Verstorbenen etwa noch an Brauchbarem getragen hatten, hatten wir ihnen vorsorglich vor ihrer Schnee- und Eisbestattung abgenommen. Das teilten wir uns. Aus den Sitzbezügen, die wir von den Sitzen herunterschnitten und die wir übereinanderlegten, improvisierten wir uns Schlafsäcke und Decken. Die mussten uns durch die ersten Nächte helfen. Viel mehr würden es nach unserem Dafürhalten ja nicht werden. Dann würde dieser Spuk doch wohl ein Ende haben. So lange reichte auch der Proviant aus, den wir aus dem unversehrt gebliebenen Kabinengepäck nach und nach zutage förderten. Zum Schutz gegen die eindringende Kaltluft, Eisluft, hatten wir aus den leeren Koffern und aus den aus den Sitzen herausgerissenen Polstern quer durch das Rumpfstück hindurch, in dem wir uns schlecht und recht einrichteten, eine Dämmwand aufgerichtet. Die zerborstenen Fensterluken stopften wir mit Handtüchern notdürftig zu. Im Übrigen blieb uns für die Nacht gar nichts anderes, als uns zum Schlafen, wenn von Schlaf überhaupt die Rede sein konnte, eng aneinander zu legen, Männer und Frauen. Wir waren mehr Männer als Frauen. Hier oben, wussten wir, konnte es nachts auch in dieser Jahreszeit gut und gern minus dreissig bis minus vierzig Grad Celsius haben.

## IX

Jeden Morgen sahen wir, dass über Nacht wieder ein paar von uns an ihren Verletzungen gestorben waren. Wir räumten sie weg, zu den andern, die schon ein wenig tiefer in den Schnee eingesunken waren. Tag für Tag und Nacht für Nacht wurden wir weniger, die Reihe der Toten auf unserem Gräberfeld wurde länger. Auf unserem Gräberschneefeld. Die Tiefe ihres Eingesunkenseins in die Schneedecke und die Höhe der Schneeverwehungen über ihren Körpern und Gesichtern waren das Mass für die Zeit ihres Totseins.

Hilfe von aussen war also nicht gekommen. Von unten, von oben, von wo auch immer. Und dies, obwohl es inzwischen ein wenig aufgeklart hatte. Der Schneefall schien, wenigstens für den Moment, vorbei. Nur gelegentlich fielen noch ein paar verspätete Flocken. Der Nebel hatte sich verzogen. Der Himmel war aufgerissen. Die bleiernen, dunklen Wolken waren einem helleren, dünnen Schleier gewichen, durch den da und dort, wenn der noch immer heftige Wind daran riss, sogar eine blassblaue Stelle durchschien. Wir schienen schon fast gerettet. Es war nur noch eine Frage von Stunden, bis sie bei diesen Wetterverhältnissen ihre Aufklärungsflugzeuge losschickten, um uns zu suchen. Das wollten wir glauben. Wir hielten uns an jeden Hoffnungsschimmer. Und jetzt war es mehr als ein Schimmer, jetzt war es wirkliches Licht. Um die Mittagszeit brach für ein paar kurze Augenblicke sogar die Sonne durch. Ein paar Strahlen trafen auf die zerschundene Metallhülle unseres früheren Gefährts, das da schwer und unbeholfen halb eingesunken im Schnee lag, sodass es für ein paar Sekunden hell und gewiss weit sichtbar aufleuchtete.

Die von uns, die es konnten, die unverletzt geblieben waren oder deren Verletzungen, Quetschungen, Knochenbrüche, es zuliessen, waren nach draussen gekommen, um sich ein wenig zu wärmen; aber da war die Sonne, waren die Sonnenstrahlen schon wieder weg. Ohne zu wissen, wohin, gingen wir in allen Richtungen auf dem durch die nun klare, unbegrenzte Sicht unendlich gewordenen und nur durch die Hänge allseits begrenzten Schneefeld herum; aber nach einiger Zeit kamen wir, ohne dass wir uns darüber verständigt hätten, in der Nähe unseres Wracks, das zu so etwas wie unserer Behausung geworden war, wieder zusammen.

Nie zuvor hatten wohl die meisten von uns so innig zum Himmel aufgeblickt, hatten so sehr auf ein Zeichen vom Himmel gehofft wie jetzt. Manche begannen wieder zu beten, zu flehen, leise, laut; einige fielen auf die Knie; einige weinten.

Gegen Abend glaubten wir, und diesmal ganz sicher, über dem eindunkelnden Gewölk Motorengeräusche zu hören, die uns umkreisten. Wir sprangen auf, so gut wir das konnten, wir schrien, wir schwenkten die Arme. Aber dann hörten wir auch diesmal wieder nichts mehr. Einer nach dem andern. Keiner hörte mehr etwas. Wie sehr er auch hinhorchte. Morgen früh kommen sie zurück, sagten wir uns. Bei besserem Licht. Wenn wir sie nicht sehen, sehen sie uns auch nicht, sagte die Stewardess. Sie musste es wissen.

## X

An Proviant hatten wir aus den verbliebenen Gepäckstücken nach und nach ein paar Packungen mit Erdnüssen, ein paar Tafeln Schokolade, ein paar Päckchen Kekse, einen halben Kasten Wein und eine halbe Flasche Rum zutage gefördert; nicht viel für den stattlichen Haufen mehr oder weniger lebendiger hungriger und durstiger Personen, der wir zu diesem Zeitpunkt noch waren; ohne eine wunderbare Brot- und Weinvermehrung konnte das nicht lange reichen, das war uns klar. Die kleine Bordküche, die es durchaus gegeben hatte, hatte sich im hinteren Teil des Flugzeugs befunden und war mit dem Heck zusammen, das bei unserer Bruchlandung als erstes weggerissen worden war, irgendwo weiter oben auf der Strecke geblieben. Tiere, irgendwelches Gekreuch oder Gefleuch, gab es in diesen Eis- und Schneehöhen wohl nicht, jedenfalls hatten wir noch keines gesehen; wenn es so etwas gab, dann höchstens in Spalten und Gängen tief unter der Eisdecke, tief im Fels, zu denen wir keinen Zugang hatten. Flüssigkeit allerdings hatten wir mehr als genug, wenn auch in gefrorener, kristallisierter Form. Schnee liess sich notfalls essen, wenn er nicht vorher schon in den Händen oder in der wärmenden Mundhöhle zu Wasser zerschmolzen war. Und dass die Rum- und die Weinflaschen das Unglück überdauert hatten, musste uns Wunder genug sein. Wir hatten sie bei den Piloten im Cockpit gefunden. Vielleicht waren sie aber auch die eigentliche Ursache unseres Absturzes gewesen, argwöhnten wir. Vielmehr natürlich die schon entkorkten und geleerten Flaschen gleicher und ähnlicher Art, die neben ihnen da noch gelegen waren. Uns mussten die verbliebenen jetzt, streng rationiert, in winzigen Schlucken genossen, wenigstens in der Vorstellung ein wenig von innen wärmen. So wie die Zigaretten, von denen sich ein ganzer Koffer voll gefunden hatte, in ganzen Stangen; offenbar hatte sie einer von uns über die Grenze bringen und sich an ihnen bereichern wollen. Wir saugten ihren warmen Rauch süchtig in uns hinein. Rettungshelikopter oder Rettungsflugzeuge, wie wir sie noch am Vorabend über den vorübergehend lichteren Wolken sicher zu hören geglaubt hatten, waren auch in der Folge keine gekommen.

## XI

Wir mussten selber aktiv werden. Über kurz oder lang. Besser früher als später. Die mit uns überlebende Stewardess, die sich nach dem ersten Schock inzwischen erholt hatte und wieder so funktionierte, wie sie es gemäss ihrer Ausbildung in dem nun eingetretenen Not- oder Ernstfall auch tatsächlich sollte, versuchte über Bordfunk Kontakt mit der Bodenstation aufzunehmen. Das Funkgerät befand sich im Cockpit, da war es eingebaut, zwischen all den Navigationsgeräten, sie wusste, wo, nachdem wir die Armaturen mit Schnee vom gefrorenen, verkrusteten Blut der Piloten gesäubert hatten, fanden wir es schnell. Die Frequenz war noch eingestellt, eintausenddreihundert, aber die Verbindung war tot. Auf dem Gerät war kein Saft. Da nützte es auch nichts, dass die Stewardess noch ein paar andere Frequenzen probierte. Tot war tot. Auch wenn wir das zunächst nicht glauben wollten – Frauen und Technik!, sagten die Männer – und ihr die Sache aus der Hand nahmen. Die Sache bestand aus zwei Kopfhörerpaaren mit Mikrofon und ein paar Knöpfen an den Armaturen, an denen wir wie Kinder die längste Zeit drehten und drückten. Die männlichen Exemplare von uns. In den Hörmuscheln hörten wir nichts als uns selbst. In unseren Gehörgängen rauschte nur unser Blut. Die Akkumulatoren sind leer, sagte die Stewardess. Und so war es auch. Die Batterien waren im Heck. Aber das Heck war weg, und wir wussten nicht, wo.

## XII

Wir stellten eine kleine Expedition aus Freiwilligen zusammen und schickten sie aus, um das Heck zu suchen. Die Stärksten, die noch am besten bei Kräften waren. Wir statteten sie mit dem noch übriggebliebenen Proviant aus, wir setzten alles auf eine Karte, was blieb uns anderes übrig, die Expedition war unsere einzige Hoffnung, wenn nicht noch das Wunder geschah und nicht vom Horizont her plötzlich doch noch die Rettungsflugzeuge oder Rettungshelikopter auftauchten, die wir gehört zu haben glaubten, vor wie vielen Tagen?, wir konnten nicht länger warten. Was hatten wir noch? Eine Flasche

Wein, Schneewasser, das wir, als die Sonne einmal für ein paar Stunden geschienen hatte, auf Stücken von heissem Blech geschmolzen und in die leer gewordenen Flaschen abgefüllt hatten, es war über Nacht wieder eingefroren, dazu einen kleinen Rest Schokolade, ein paar Nüsse. Den Rum hatten wir längst für das Auswaschen des Wundbrands in den offenen Wunden unserer Schwerstverletzten aufgebraucht, und auch das hatte in den meisten Fällen nichts genützt. Nur von den Zigaretten, obwohl wir sie wie den Rum auch für das Ausbrennen eingesetzt hatten, wenn es anders nicht gegangen war, hatten wir noch immer im Überfluss. Was machen wir, wenn wir das Heck nicht finden?, fragten wir uns. Oder wenn wir es finden, aber die Batterien sind leer? In der Kälte gestorben? Oder wenn sie nicht leer sind, aber das Funkgerät funktioniert trotz Batterien nicht? Dann fressen wir die Piloten auf, sagten wir, scherzend, uns Mut machend, die haben uns das alles schliesslich auch eingebrockt.

## XIII

Zu fünft brachen wir auf. Eingepackt in die wärmsten Sachen, die wir uns hatten nehmen oder ausborgen können. In die Richtung, die uns der Rumpf unseres Wracks wies. So, wie er da in der Landschaft lag. Wenigstens als Wegweiser konnte er uns noch dienen. Als Wegweiser und Haus. Da oben, irgendwo da oben, in der Verlängerung unseres Restrumpfs, am Rand des Kessels, in den wir gestürzt waren, am Grat, über den wir geschrammt waren, mussten wir unser Heck ja gelassen haben. Die Spuren des Schrammens, des Stürzens, des Schlitterns in den Talkessel hinab waren inzwischen vom nachfallenden Schnee fast vollständig getilgt. Wir hielten uns an die Topographie, an einprägsame Geländeformen, an auffällige Felsformationen am Horizont. An ihnen orientierten wir uns, auf sie hielten wir zu. Eine Zeitlang sahen wir noch, wenn wir uns umdrehten, auf unser Basislager zurück, das da verloren als Ansammlung kleiner werdender dunklerer Punkte in der Schneewüste lag, bald verloren wir auch das aus den Augen. Andere Wegweiser tauchten jetzt auf, vor uns, andere Wegmarken, je länger wir gingen, je weiter wir uns die Hänge hinaufkämpften, andere, auch grausige Zeugnisse, die unser Sturz hinterlassen hatte. Gepäckstücke, Koffer, in denen wir manchmal noch etwas Essbares fanden. Herausgerissene Sessel, Sitzreihen, Einzelsitze, in denen angegurtet noch Passagiere sassen, oder hingen, kopfüber, im Schnee steckend, seitlich liegend, natürlich steif, mit einer Eisschicht überzogen. An dieser Hanglage hatte sie der Schneefall nicht vollständig zugedeckt. Solche, die wir gekannt hatten, wenigstens einige oder einer von uns, andere, die wir nicht gekannt hatten. Wie auch immer, sie hatten zu uns gehört, sie waren mit uns zusammen an Bord gewesen. Wir nahmen ihnen ab, was uns noch nützen konnte.

## XIV

Endlich standen wir vor dem Heck. Vor unserem Heck. Vor der Heckflosse unseres Flugzeugs. Blau stach sie plötzlich vor unseren Augen in den ausnahmsweise für ein paar Stunden ebenso blauen Himmel. Direkt unter dem Grat, an dem wir da angehängt hatten, ragte sie scharf und steil aus dem Schnee, in den sich die Heckflügel geschnitten hatten. Wir legten sie frei, um an das dazugehörige Heckstück des Rumpfes zu kommen, in dem sich der Batteriekasten befinden musste. Die Batteriekästen, um genau zu sein, es gab zwei davon, links und rechts, darin die Batterien; die Stewardess hatte uns die entsprechende Stelle, soweit sie es wusste, beschrieben. Und tatsächlich wurden wir fündig. Wir fanden die verschlossenen Kästen und konnten die Verschlüsse trotz ihrer Vereisung auch öffnen. Tatsächlich lagen darin, unbeschädigt, soweit wir es auf den ersten Blick beurteilen konnten, die beiden grossen, schweren Batterien. Es gelang uns, sie aus ihren Verankerungen und von ihren Verkabelungen zu lösen und unversehrt aus ihren Betten herauszuheben. Aus Blechteilen, die zerfetzt und verbogen überall herumlagen, formten wir Schlitten, mit vereinten Kräften, oder wenigstens schlittenähnliche Schalen, auf die wir sie luden und mit denen wir zu Tal fahren wollten, den gleichen Weg, den wir heraufgekommen waren, den eigenen Spuren entlang, solange sie noch zu sehen waren, bevor erneute Schneefälle oder der Wind sie wieder verwischen konnten, noch vor dem Einbruch der Dämmerung, die zwischen den Gipfeln ja schnell kam, zu unserem Ausgangslager zurück. Das alles hatte viel Zeit in Anspruch genommen, es hatte uns auch viel Kraft gekostet, eine Nacht hier oben, im Freien, ungeschützt, ohne zusätzliche Nahrung und ohne Feuer, hätten wir nicht überlebt.

## XV

Unsere Anstrengungen waren vergeblich gewesen. Auch mit den endlich mühsam angeschlossenen Batterien, und nachdem es der Reihe nach jeder versucht hatte, war der Bordfunk nicht mehr zum Leben zu erwecken. Der Fachmann, der Bordmechaniker, war nach dem Absturz unauffindbar geblieben, die Kenntnisse der Stewardess reichten nicht aus. Mehr als ein kurzes Aufknistern einiger elektrischer Funken beim Verbinden der Kabel war dem Gerät nicht zu entlocken. Entweder hatten wir durch einen versehentlichen, durch unsere Unkenntnis verursachten Kurzschluss endgültig zerstört, was noch zu zerstören gewesen war, oder aber die Ladung der Batterien war durch das lange Liegen in der Kälte tief unterhalb des Gefrierpunkts praktisch erloschen gewesen. Jedenfalls war sie auch durch stundenlanges Aufwärmen in der jetzt strahlenden Mittagssonne oder über kleinen Feuern, die wir entfachten, nicht wieder aufzubauen. Alle Versuche in diese Richtung schlugen fehl. Nicht einmal das Frequenzanzeigefeld auf den Armaturen war auf diese Weise wieder zum Leuchten zu bringen. Immer wieder wärmten wir auf; immer wieder schlossen wir an; immer wieder drehten wir an allem Drehbaren herum; immer wieder hauchten wir in das Mikrofon und horchten wir in die Kopfhörer hinein: Alles war tot, alles blieb tot. Wir hatten uns damit abzufinden.

## XVI

Stattdessen gelang es uns endlich, ein Transistorradio, das einer von uns in der Brusttasche seines Jacketts getragen hatte und dessen Akku noch geladen war, so an die Bordantenne anzuschliessen, dass wir Empfang hatten. Aber auch das war niederschmetternd; das erst recht. Auch das brachte keinen Funken Hoffnung, sondern bestätigte im Gegenteil nur die Hoffnungslosigkeit unserer Lage. Was wir da empfingen, was da aus den Neben- und Störgeräuschen endlich herauszufiltern und herauszuhören war, war nichts anderes als die vernichtende, bei aller Unklarheit der Übertragung, bei aller Verzerrung der akustischen Signale nicht zu überhörende, nicht mehr zu verdrängende Gewissheit: dass man uns aufgegeben hatte; dass man uns für tot hielt. Das sagten die Nachrichtensprecher. Und das bedeutete, dass wir wirklich tot waren, dass wir sehr bald tot sein würden. Man hatte nach uns gesucht, man hatte uns nicht gefunden, man hatte die Suche nach uns aufgegeben. Wenn sie uns dort unten, von wo diese Botschaft ausging, von wo unsere Rettung hätte kommen sollen, für tot hielten, waren wir tot. Das konnte man drehen und wenden, wie man wollte. Da gab es nichts mehr zu deuten. Es war unser Todesurteil. Auch das der noch Überlebenden. Man hielt uns für tot, also waren wir tot.

**XVII**

Wir mussten uns selber helfen, wenn wir wollten, dass uns geholfen wurde. Den Corazón haben wir überflogen, sagte die Stewardess. Das war ein Anhaltspunkt. Auf einer Karte aus dem Cockpit, auf der unsere Flugroute eingezeichnet war, machten wir ihn aus, daraus entnahmen wir, wo wir ungefähr lagen. Sehr hoch oben jedenfalls, das war klar; aber das wussten wir auch so, ohne Karte.

Westlich, das hiess ungefähr in der Fortsetzung der Linie, die das auf der Strecke zurückgelassene Heck mit unserer Position verband, wohin also unsere Nase, die im Eis steckte, zeigte, dort irgendwo, verborgen hinter dem Horizont, mussten die grünen Täler von Chile kommen, also das Leben, eine Lebensmöglichkeit, die nächste und einzige Möglichkeit weiterzuleben. Auf der Karte war es ganz nah.

Aber dazwischen, zwischen hier, wo wir waren, und dort, wo wir hinkommen mussten, um am Leben zu bleiben, lagen die Hochgipfel der Anden, lag nicht nur ein Gipfel, nicht nur ein Berg, lagen ganze Bergketten, ganze Gipfelketten, eine höher als die andere und eine hinter der anderen, eine hinter die andere gebaut, von Ewigkeit zu Ewigkeit, schien es, da führte kein Weg hinaus, da führte kein Weg hinab. Die Karte machte es klar.

Unsere Lage war hoffnungslos. Da half nichts. Da half nur noch beten. Solange wir beten konnten. Aber natürlich half auch das Beten nichts. Wenn uns nicht doch noch ein anderes Flugzeug, das auf der gleichen Route flog, durch ein Wolkenfenster, das im richtigen Augenblick aufging, zufällig entdeckte, darüber waren wir uns einig, dann waren unsere Tage endgültig gezählt. Vom Anfang und vom Ende her.

## XVIII

Wir begannen wirklich zu beten. Alle. Die meisten. Und wir verfassten Botschaften an die Nachwelt oder wenigstens an die Zurückgebliebenen. Vielleicht wurden die ja gefunden, eines Tages, später, in einer anderen Zeit, von der wir nicht wussten, ob wir noch zu ihr gehören würden, ob nicht. Mutter, schrieben wir, Vater, Geliebter, Geliebte. Geliebter Bruder, geliebte Schwester; geliebtes Kind. Wenn wir gewusst hätten. Wenn wir gewusst hätten, dass es so kommt. Wir wären. Wir wären doch nicht.

Wir hätten unseren Traum nie verwirklicht. Wir hätten die Reise nicht angetreten. Wir hätten euch nicht im Stich gelassen. Wir wären nicht aufgebrochen. Wir wären nie von eurer Seite gewichen. Wir hätten euch ganz gewollt, schrieben wir. Und vor allem vergesst nicht, dass wir uns immer danach gesehnt haben, zu euch zurückzukehren.

Wir, die wir keine Eltern und keine Kinder zu Hause hatten, die auf uns warteten, und keinen Geliebten und keine Geliebte, wir wollten jetzt plötzlich eine Geliebte haben oder einen Geliebten und Eltern werden und Kinder bekommen. Unbedingt, auf der Stelle, vor aller Augen, ohne jede Hemmung, solange unsere Kräfte es noch zuliessen. Wir, die wir gerade Bruder oder Schwester verloren hatten, denen ein Geschwister unter den Händen gestorben war, wir konnten nicht von ihm lassen; wir mussten es einmal wenigstens noch geliebt haben, eins mit ihm gewesen sein, mit Leib und Seele, so sehr wie zu Lebzeiten nie; bevor wir es freigaben, zur Schneebestattung.

Wir fielen übereinander her. Die Übriggebliebenen. Männer und Frauen. Es spielte jetzt keine

Rolle mehr. Wir liessen alles über uns kommen, das kommen wollte. Wir gingen über alles, was uns über sich gehen liess. Wie die Tiere bestiegen wir uns und liessen wir uns besteigen. Nur dass wir dabei nicht nackt waren wie sie. Dazu wäre es auch am hohen Mittag zu kalt gewesen. Die Häute wären aneinander angeklebt. Die Haut wäre in Fetzen zerrissen. Ein Fell war uns ja nicht gewachsen. Die Kleider waren das Fell; wir öffneten sie nur zur Not. Gerade noch dass wir uns hinter einem Wrackteil verborgen oder uns gegenseitig hinter ein Wrackteil geschleppt hatten. Nicht einmal immer das.

Unser Fleisch wollte sich spüren, auch durch die Kleider hindurch. An den Kleidern vorbei. Unser Fleisch wollte sich wärmen an anderem Fleisch. So gut es ging. Besser kaltes Fleisch als kein Fleisch. Noch beim Urinieren oder beim Koten hatten wir mehr Schamgefühl. Dazu versteckten wir uns voreinander. Dazu entfernten wir uns voneinander. Toiletten hatten wir nicht, die Toiletten hatten sich im Heck befunden, und das Heck war weg. Abgerissen, da oben am Grat. Die Landschaft war die Toilette. Gefrorener Kot war kein Kot.

**XIX**

Wir hatten Hunger. Hunger nach Leben. Hunger nach dem, was man zum Leben brauchte. Wenn man überhaupt noch leben wollte. Wir wollten leben; die, die noch lebten. Wir sind aber leider nicht Gott, sagten wir, wir können kein Brot vermehren, wir haben nicht die Macht, uns zu retten. Abgesehen davon, dass es auch das Brot nicht mehr gab, das Gott hätte vermehren können.

Sonst sprachen wir nicht von Gott. Die, die ihn kannten oder zu kennen glaubten, sprachen *mit* ihm, nicht *von* ihm. Die, die ihn nicht kannten, hatten keinen Anlass, von ihm zu sprechen.

Ohnehin sprachen wir nicht mehr viel. Wir waren nicht mehr viele. Ein paar Dutzend vielleicht noch. Tag für Tag starben uns welche weg. An ihren Verletzungen. Vor Entkräftung, vor Kälte. Jeden Morgen erwachten einer oder zwei von uns nicht mehr.

Zu zählen hatten wir aufgehört, die Lebenden und die Toten. Es wäre aufs Gleiche herausgekommen, es hätte uns beides zu sehr deprimiert. Dass unsere Tage gezählt waren, mehr, als sie es immer gewesen waren, musste uns keiner sagen. Von wem, von Gott oder von uns, gleichviel. Was tat es zur Sache? Ob einer weniger, ob einer mehr, was kam es drauf an? Worauf kam es überhaupt noch an? War es noch wichtig? War überhaupt noch etwas wichtig? Waren wir nicht so oder so am Ende?

Wenn wir Gott wären, sagten wir wieder, auch jene, die nicht an Gott glaubten, wir würden uns retten.

**XX**

Einmal, in der Morgendämmerung, hörten wir Schreie. Von ausserhalb des Wracks, einmal in der Nähe, dann wieder aus der Ferne, aus wechselnden Richtungen. Es war einer von uns, natürlich, es musste einer von uns sein, wer sonst hätte es sein können, von wo, es konnte ja kaum in der Nacht ein anderes Flugzeug in der Nähe gelandet sein, ein anderes Fluggerät, und Rufe der Rettung, von Rettern, hätten anders geklungen. Und doch hatten wir einen Augenblick lang, zwischen Schlafen und Wachen, an Rettung gedacht.

Natürlich war es einer von uns. Einer, der nicht hatte schlafen können. Er war früh aufgestanden und hinausgegangen, über uns hinweggestiegen, wir hatten es nicht bemerkt. Jetzt fuchtelte er dort mit einem zerbrochenen Flaschenhals in der Hand durch die Luft. Wie nicht bei Sinnen und ohne uns zu beachten, die wir inzwischen auch draussen standen, sprang er mit wilden Sätzen in der Landschaft herum, vollführte er Hechtsprünge, in die Höhe, in den Schnee, stach er Löcher in die Atmosphäre, zerfetzte er Nebelschwaden, die im ersten Frühlicht dünn durch die Senke zogen.

Was machst du denn da?, schrien wir ihn an. Hasen jagen, schrie er zurück. Da! Seht ihr ihn? Haltet ihn! Haltet ihn fest! Aber natürlich gab es hier keine Hasen. Nicht einmal Schneehasen; nur Schnee, und Schatten im Schnee.

Er blieb nicht der einzige Jäger. Immer wieder erwischte es in der Folge einen von uns. Immer wieder halluzinierte einer von uns in der klirrenden, flirrenden Kälte ein Tier. Das da aus der blauen, der grauen, der weissen Fläche plötzlich hervortrat. Sonderbarerweise, unerklärlicherweise nur die Männer. Manchmal war es ein Hund. Manchmal ein Fuchs. Oder ein Wolf. Oder ein dunkel zwischen den Felszacken herumflatternder Vogel. Wir waren kurz davor, verrückt zu werden.

**XXI**

Anna, schrieb wieder einer: Wenn ich jetzt mit einiger Verspätung Papier und Bleistift zur Hand nehme, um dir zu schreiben, muss ich dich zunächst um Entschuldigung bitten für die Sorgen, die ich dir und den anderen durch die eingetretenen Ereignisse gemacht habe und mache. Die Vorstellung, dich nicht mehr wiederzusehen, ist unerträglich. Wir haben uns nicht voneinander verabschiedet. Nicht einmal zum Flughafen hast du mich ja gebracht, weil du nicht wolltest, dass ich wegfliege. Warum bin ich nicht einfach bei dir geblieben? Es geht doch nicht an, dass du deinen vierzigsten Geburtstag, der nun bald sein wird, ohne mich feierst. Warte auf mich. Ich werde mich vielleicht ein wenig verspäten; aber ich werde zurückkommen, und wenn ich zu Fuss gehen muss. Ich weiss, was ein Marsch durch das ewige Eis bedeutet. Aber bleiben wir optimistisch. Der Sommer liegt vor uns, mit wärmeren Winden und Sonnenschein. Warum sollte es nicht gelingen? Lass uns fest an unsere Rettung glauben!

Und ein anderer schrieb: Wenn man nur wüsste, wie sie gemeint ist, die Welt. Diese rollende Kugel. In den Gnadenmantel aus blauem und grauem Himmel gehüllt. Auf der es die Liebe gibt. Und wir, die wir sie einstweilen bewohnen. Ob wir gemeint sind. Ob sie gemeint ist, die Welt.

Das fragten wir uns jetzt manchmal da oben. An diesem äussersten Rand der Welt. An dieser äussersten Kante des Lebens. Wo die Erde den Menschen nicht braucht. Ob wir gemeint waren. Ob das denn gemeint war, was uns geschah.

## XXII

Aber der Mensch braucht den Menschen. Jeder sich selbst. Jeder den andern. Und um Menschen zu bleiben, mussten wir essen. Ja. Ganz banal: essen. Nur eben: was? Es war ja nichts Essbares mehr da. Was wir gehabt hatten, war aufgezehrt. Der Rest Schokolade, die paar Nüsse, die wenigen Kekse. Bei aller Disziplin, bei aller Sparsamkeit, die wir uns auferlegt hatten. Nachdem wir erst einmal begriffen hatten, dass das alles auch länger dauern konnte. Bei allem Rationieren. Einmal war alles Teilen und Nochmals-Teilen zu Ende. Auch wenn wir das Wenige, je länger es tatsächlich dauerte, durch immer weniger hatten teilen müssen. Es war aufgebraucht. Wir waren am Ende. Es war nichts mehr da.

Ausser die Toten. Unsere Toten. Man durfte es nicht laut sagen. Nicht einmal denken. Wir dachten es trotzdem. Keiner von uns, der es nicht dachte. Das sahen wir einander an. Totes Fleisch gab es mehr als genug. Das nahm nicht ab, sondern zu. Wunderbare Totenvermehrung, wenn sonst schon kein Wunder geschah. Von Tag zu Tag. Über Nacht. Sozusagen im Schlaf. Und es nahm noch weiter zu, wenn wir nicht assen. Bis keiner mehr übrigblieb, um zu essen. Schnee allein macht nicht satt. Was wir uns aus den Fingern saugten auch nicht. Da konnten wir lange an unseren Fingernägeln kauen. Und uns unsere Fingerbeeren abnagen. Es reichte nicht einmal für das Leben von der Hand in den Mund. Selbst wenn man den Rotz und den Popel noch dazugab, den wir uns aus den Nasen bohrten. Und was wir uns sonst noch aus unseren Leibern holten und aus den Kleidern lutschten. Es war alles dasselbe. Die Welt bestand nur noch aus Kalorien. Die hatten wir oder wir hatten sie nicht. In allem sahen wir nur noch die mögliche Nahrungsquelle. Der Nährwert zählte, sonst nichts.

**XXIII**

Wir mussten die Toten essen. Es blieb uns nichts anderes übrig. Wir hatten keine andere Wahl. Auch wenn wir es uns nicht eingestehen wollten. Wenn wir am Leben bleiben wollten, mussten wir unsere Toten essen. Damit mussten wir uns abfinden. Ja. Nein. Mussten wir es? Durften wir es? Wir hatten darüber nicht sprechen wollen, aber wir sprachen darüber. Es kam nicht in Frage. Nichts anderes kam in Frage. Wussten wir, worüber wir sprachen? Natürlich nicht. Doch, natürlich. Wir sprachen davon, Menschen zu essen. Nein, wir sprachen davon, zu essen, damit wir nicht starben, und da gab es eben nur

Menschen, in unserer jetzigen Situation. Das war etwas anderes. Das sagten wir uns, so redeten wir uns zu. Einer dem andern und jeder sich selbst. Es war ekelhaft. Wir konnten es nicht tun. Wir mussten es tun. Niemals. Es war das Einzige, was wir noch tun konnten. War es nicht so?

Es war ekelhaft, natürlich, na und? Wenn wir eine Wunde hatten, die weh tat, die übelte, die eiterte, die ausgewaschen werden musste, damit sie uns nicht tötete, hatten wir sie uns nicht selbstverständlich gegenseitig ausgewaschen, damit sie es nicht tat, obwohl es ekelhaft war? Weil es getan werden musste? Ja, natürlich; aber war das zu vergleichen? Ja, nein. War das, was wir jetzt tun wollten, überhaupt mit etwas anderem zu vergleichen?

Glaubten wir daran, dass wir eine Seele hatten? Nein? Ja? Die einen ja, die anderen nein. Und glaubten wir, wenn wir es glaubten, dass diese Seele, wenn wir starben, unseren Körper verliess? Ja, natürlich. Darauf konnten wir uns einigen. Das glaubten selbst die, die nicht an sie glaubten. Wenn aber die Seele, falls wir denn eine hatten, beim Eintreten des Todes den Körper verliess, wie wir es annahmen, wie wir es annehmen mussten, wie selbst die glaubten, die nichts glaubten, war dann der Körper des Menschen nicht, wie andere Körper auch, nach dem Eintreten des Todes nichts anderes mehr als ein Kadaver? Wenn wir von Anfang an keine Seele hatten, dann ohnehin? Und konnte man diesen Kadaver dann nicht essen? Wie andere Kadaver, wie die Kadaver von Tieren auch?

War es so? War es nicht so? Konnte man es nicht so sehen? Mussten wir es jetzt nicht so sehen? Und was da draussen im Schnee lag, gut gekühlt, gut konserviert, war das also nichts weiter als Nahrung? Die uns, den Überlebenden, zustand? Wie andere Nahrung auch? Wie jede andere Nahrung auch; die es hier aber nicht gab?

## XXIV

Es war abscheulich. Wir wollten nicht darüber sprechen, aber wir mussten. Wir sprachen darüber. Wir waren am Verhungern. Wir sassen in der Falle. Es gab keinen anderen Ausweg.

Es ist der Anfang vom Ende, sagten wir uns, so oder so. Wir werden es nicht tun. Wir können es nicht tun. Lieber werden wir sterben. Wir glauben an Gott, sagten wir, sagte ein Teil von uns, wir wissen, dass es nicht gottgefällig ist, wenn wir so etwas tun. Wenn es Gott gibt, sagten wir auch, sagte ein anderer Teil von uns, dann will er, dass wir den Verstand gebrauchen, den er uns gegeben hat; dass wir um das Leben kämpfen, das er uns geschenkt hat. Es ist eine Prüfung. Es ist eine Versuchung. Es gibt keinen Gott, schlossen wir. Wenn ein Gott solche Prüfungen braucht, wollen wir ihn nicht haben.

Und was war mit uns? Mit unserem Gewissen? Das wir offenbar hatten, mit oder ohne Gott, woher auch immer. Mit unserer Unschuld? Was geschah mit unseren Seelen, mit dem, was wir Seele nannten, trotz allem, Gott hin oder her, wenn wir zwar überlebten, aber als Kannibalen? Als Menschenfresser? Hatte es uns nicht bisher immer entsetzt, wenn wir von solchen Greueln in der Vergangenheit gehört hatten? Jetzt sollten wir sie selber begehen? Mit eigenen Händen? Mit eigenen Zähnen? Bei klarem Verstand? Bei vollem Bewusstsein? Waren wir wirklich dazu imstande, jetzt da hinauszugehen, wo sie alle lagen, ein Stück von einem toten menschlichen Körper abzuschneiden und es zu essen? Es uns einzuverleiben? War das vorstellbar? Konnten wir es uns vorstellen? Wie sollten wir danach in unsere früheren Leben zurückkehren? Falls wir es überlebten? In unseren Alltag? In unsere Zivilisation? Zu der wir bis zu diesem Augenblick gehört hatten? Zu der wir nun nicht mehr gehörten? Hauptsache, wir kehrten überhaupt zurück? Wir wollten es morgen entscheiden. Immer wieder, noch einmal: morgen.

Anna, schrieben wir wieder, Vater, Mutter, warum haben wir euch verlassen? Es ist jetzt Abend. Ihr habt jetzt Sommer, wir sitzen im Winter. Nicht einmal ein Bild haben wir von euch dabei. Was werdet ihr von uns denken?

**XXV**

Was hatten wir getan, dass das Schicksal uns zwang, die Körper unserer Freunde oder wenigstens Mitreisenden, auf jeden Fall Schicksalsgenossen, zu essen? Was hatten wir *nicht* getan, was wir hätten tun *sollen*? Wofür wurden wir bestraft? Jeder für etwas anderes, aber mit derselben Strafe, oder wir alle, wie wir hier waren, für das Gleiche? Was war es, was konnte das sein? Und was war es, das strafte, wenn wir Gott ausschlossen?

Wie hätten die Toten darüber gedacht? Darüber, dass wir sie assen? *Wenn* wir sie assen? Wir wussten es nicht. Wir berieten uns darüber. Wir befragten uns selbst. Wir glaubten zu wissen, dass *wir*, wenn wir tot wären und wenn unsere Leichen jemandem helfen würden zu überleben, dass wir damit einverstanden wären, dass man uns äße. So redeten wir uns jedenfalls zu. Das redeten wir uns ein. Also, wenn *wir* stürben und die anderen nichts von uns ässen, sondern unser Aas einfach der Natur überliessen, dann würden wir bestimmt wiederkommen und diese anderen ganz fürchterlich in den Arsch zwicken, bestärkten wir uns. Versuchten wir uns mit Scherzen zu ermuntern. Mit faden, mit müden Scherzen. Alkohol, mit dem wir uns den Mut hätten antrinken können, den wir jetzt brauchten, hatten wir längst keinen mehr. Also schworen wir es uns gegenseitig in aller Nüchternheit in die Hand: Wer von uns starb, war damit einverstanden, dass er den anderen als Nahrung diente. Jeder von uns konnte das sein. Aber wer von uns war schon nüchtern, uns war ganz schwindlig vor Angst. Die meisten schworen es laut. Andere murmelten nur mit. Wir schworen, obwohl an den, vor dem man sonst schwor, kaum einer mehr glauben mochte. Ich schwöre nur, sagte einer, wenn ihr mir versprecht, dass ihr den Teller sauber aufesst, wenn die Reihe an mir ist, das macht gutes Wetter. Wir versuchten zu lachen, aber wir verschluckten uns beinahe daran. So schliefen wir endlich ein. Am kommenden Tag sollte es also sein.

**XXVI**

Plötzlich, gegen Morgen, war einer mit einer Pistole in der Hand vor uns gestanden und hatte gedroht, uns alle damit zu erschiessen. Weil er es nun doch nicht wollte, dass wir ihn assen, wenn er vor uns starb. Die Pistole war aus dem Cockpit, wir hatten sie im Ausrüstungskoffer der Piloten gefunden und dann wieder vergessen, weil es ohnehin nichts zu jagen gegeben hatte. Auch wenn wir es uns manchmal anders zusammenphantasierten. Einem der Sterbenden oder Verletzten den Gnadenschuss zu geben, hatten wir uns ohnehin nicht gestattet. Hätten wir uns wohl auch nicht gestattet, wenn uns einer darum gebeten hätte. Es hatte uns keiner gebeten. Jeder und jede von uns hing am Leben, bis zum letzten Atemzug, auch wenn es längst keinen Sinn mehr machte. Nun war die Pistole auf uns gerichtet. Nun lag sie da in der Hand von einem, der offenbar daran war durchzudrehen, die Fassung endgültig zu verlieren. Wir wussten nicht, mit wie viel Schuss Munition sie geladen war. Ob es für uns alle reichte. Für wie viele von uns. Ob sie überhaupt geladen war. Und ob er es wusste.

Hinlegen!, brüllte er, obwohl die meisten von uns ohnehin noch lagen. Er hatte uns aus unserem Schlaf oder Halbschlaf gerissen. Auf den Bauch; Gesichter nach unten!, fuhr er uns an. Wir gehorchten ihm nicht, aus welchen Gründen auch immer. Vielleicht, weil es uns egal gewesen wäre, erschossen zu werden, wer wusste das so genau. Weil es uns manches erspart hätte. Erstarrt blieben wir, wie wir gerade waren. Jeden Einzelnen von euch knalle ich ab, schrie er, der mir nicht verspricht, mich nicht zu fressen, wenn ich vor ihm abkratze! Am Ende erschoss er sich selbst. Vor unseren Augen schoss er sich in den Mund. Wir hatten ihm nichts versprochen.

**XXVII**

Und dann taten wir es. Zuerst einer. Ein zweiter. Mehrere. Immer mehr. Nach allen Männern auch alle Frauen. Die Männer gingen voran, aber die Frauen taten es auch. Die wenigen, die noch geblieben waren. Wir werden nicht mehr dieselben sein, wenn wir es einmal getan haben, sagten wir. Aber wir taten es. Alle.

Wir standen vor den Gräbern. Vor der Gräberreihe. Vor der Dünung aus Schneeverwehungen über der Reihe von toten Körpern. Es ist wie Kommunion, sagten die von uns, die katholisch gewesen waren, es war eine Möglichkeit, damit fertigzuwerden. Weil sie tot sind, werden wir leben. Und tatsächlich gingen einige von uns auf die Knie und schlossen die Augen.

Auch der, der als Erster vortrat, aus der Gruppe heraus, in der wir zusammenstanden, ging vor dem Leichnam, den er gewählt hatte, zufällig, er wusste nicht, wer da unter der Schneedecke lag, wo er stand, sofort in die Knie. Eine Weile blieb er so, als ob er betete. Er betete wirklich. Wir beteten noch, obwohl wir nicht mehr an Gott glaubten. Obwohl wir glaubten, nicht mehr an Gott zu glauben. Dann wischte er mit den Händen den Schnee vom Körper, vor dem er kniete. Vor dem er gebetet hatte.

Vorsichtig, Schicht für Schicht, bis seine Hände auf Widerstand stiessen. Er legte den Brustkorb frei. Mit einer Scherbe schnitt er sich durch den hartgefrorenen Stoff der Bekleidung; durchtrennte Faser für Faser, brach die Schnittränder auf, legte die aufgeschnittenen, aufgebrochenen Stoffstücke auseinander; schnitt sich durch die Kleidungsstücke hindurch, die wir dem Toten gelassen hatten: bis auf die Haut. Dann hielt er inne.

## XXVIII

Und dann setzte er den ersten Schnitt in die Haut. Durch die Haut. Durch die Haut ins Fleisch. Ins Fleisch auf den Rippen. Zwischen den Rippen. Es war mehr ein Schaben als ein wirkliches Schneiden. Die Haut war hart. Das Gewebe war tiefgefroren. Es widersetzte sich seinen Schnitten.

Wir sahen es, obwohl wir nicht hinsehen wollten; wir konnten nicht wegsehen. Wir sahen es auch, wenn wir wegsahen. Wir hätten es auch mit geschlossenen Augen gesehen. Mit der Bruchkante der Scherbe schabte er sich durch Haut und Gewebe, legte er Muskelfasern frei, trennte sie durch, schälte endlich ein kleines halbgefrorenes Fleischstück heraus, führte es an die

Lippen, lutschte daran, zerfaserte es zwischen den Zähnen, schob es ganz in den Mund, kaute es langsam, schluckte, schob etwas Schnee nach, um die Zähne auszuspülen, wischte sich mit einer Faustvoll Schnee den Mund ab.

Er wiederholte den Vorgang. Einmal, zweimal, mehrmals. Ein paarmal zögerte er, würgte, spuckte er einen Bissen wieder aus. Er ass weiter. Langsam. Wusch sich immer wieder dazwischen mit Schnee die Mundhöhle aus, wischte die Lippen ab.

Dann schabte er wieder, schnitt er wieder, schälte er weitere Stücke heraus, gab kleinere und grössere Fleischbrocken an uns andere weiter; und wir versuchten es auch, versuchten, wie er, davon zu essen.

Dann gab er seine Scherbe weiter; wir brachen uns selber Scherben zurecht. Wir schabten, schnitten, zertrennten, würgten, schluckten, spuckten aus, in den Schnee, versuchten es nochmals, versuchten es wieder, assen, einer nach dem anderen, wie wir es bei ihm gesehen hatten, bis wir fürs Erste satt waren. Dann brachen wir ab, vollkommen erschöpft.

**XXIX**

Und dann erbrachen wir uns, einer nach dem anderen, reihum; kotzten alles, und nicht nur das Fremde, das wir in uns aufgenommen, sondern auch das Eigene, das wir damit verunreinigt hatten, auch die eigenen Gedärme, so kam es uns vor, aus uns heraus. Würgten aus uns wieder heraus, was wir in uns hineingewürgt hatten. Alle, ohne Ausnahme, aber jeder für sich. Wir wandten uns voneinander ab, gingen ein paar Schritte auseinander, jeder in eine andere Richtung. Wir schämten uns voreinander. Es war nicht ganz klar, schämten wir uns des Erbrechens vor den Augen der andern oder schämten wir uns dessen, was wir erbrachen. Also dessen, was wir soeben gegessen hatten.

Wahrscheinlich beides. Wir waren unrein geworden; wir hatten uns besudelt. In derselben Weise wiederholte es sich noch ein paarmal: Wir assen, wir gaben es wieder von uns, wir assen, bis zur Erschöpfung. Bis unsere Körper aufhörten, sich gegen die fremden Körper zu wehren, zu empören, aufzulehnen; bis sie nicht mehr dagegen revoltierten, sondern sie hinnahmen, aufnahmen; was blieb ihnen anderes übrig, wenn sie sich selbst erhalten wollten; bis wir uns an die fremdartige, neuartige Nahrung gewöhnt hatten.

Und auch das Erbrochene, jeder das seine, assen wir als Halbgefrorenes wieder vom Boden auf, steckten es uns brockenweise in den Mund zurück. Empfindlichkeiten irgendwelcher Art konnten wir uns gar nicht mehr leisten. Der Nährwert der Dinge hatte alle anderen Werte ersetzt. Es war abscheulich, aber es war so. Dass wir es Dinge nannten, was vor kurzem noch gelebt hatte, gehörte dazu.

## XXX

Einige mussten gefüttert werden, weil sie nicht selber assen. Sie wollten nicht; sie konnten nicht. Es war dasselbe. Während die anderen assen, versteckten sie sich im hintersten Winkel des Flugzeugrumpfs. Sie wollten das, was wir da draussen taten, nicht sehen, nicht wahrhaben. Geschweige denn daran teilnehmen. Nach einem ersten, missglückten Versuch. Wenn wir ihnen trotzdem ein Stück kaltes, hartes Fleisch brachten, es ihnen aufnötigten, weil wir sie ja nicht verhungern lassen konnten, fragten sie immer wieder: Es ist nicht von meiner Schwester, es ist nicht von meinem Bruder, nicht wahr? Von meinem Mann, von meiner Frau? Natürlich nicht, antworteten wir immer, jeder von uns, wer es gerade war, obwohl wir gar nicht wussten, von wem das war, was wir ihnen brachten.

Wir wollten es alle nicht wissen. Die Gesichter der Toten blieben in Eis und Schnee, wenn wir ihre Körper freilegten. Nur so ging es. Von Angesicht zu Angesicht hätten wir von ihnen nicht nehmen können. Nur ob es sich um einen Mann oder um eine Frau handelte, liess sich nicht übersehen. Die Frauen nahmen von Frauen, die Männer von Männern; das war ein seltsamer Rest von Geschlechterscheu und Geschlechtergrenze. Obwohl sonst alle Grenzen eingerissen schienen. Und immer, wenn einer oder eine von uns einen oder eine an einem Wäschestück oder an sonst einem auffälligen Merkmal erkannte oder zu erkennen glaubte, ging er oder sie zum nächsten oder zur nächsten weiter. Je bekannter einem ein Körper vorkam, umso weniger kam er als Nahrung in Frage. Auf diese Weise lagen nach und nach alle halb ausgegraben in ihren weissen Gräbern. Bevor der nächste Schneefall sie wieder bedeckte.

**XXXI**

Mehrere Lawinenabgänge hatten weitere Opfer gefordert. Die Temperaturen mussten angestiegen sein. Wir wussten es nicht. Es war nur eine Vermutung. Die Geräteanzeigen im zerstörten Cockpit funktionierten ohne Strom nicht. Und unsere Haut hatte für solche Feinheiten längst kein Gefühl mehr. Wir spürten sie kaum noch. Wir froren, das war alles. Wir froren immer. Einmal mehr, einmal weniger, was machte das für einen Unterschied? Und wir hatten versucht, uns ein dickes Fell dagegen wachsen zu lassen. Aber wie anders als durch einen Temperaturanstieg sollten die Bewegungen im Schnee zu erklären sein? Risse waren in der Schneedecke entstanden; riesige Schneebretter hatten sich aus den Hängen der uns umgebenden und bedrohenden Gipfel gelöst, hatten auf ihrem Weg in die Tiefe, wo wir uns notdürftig eingerichtet hatten, weitere Schneemassen mit sich gerissen, und alles zusammen hatte sich, wo wir gerade standen, sassen oder lagen, über uns hinweggewälzt oder hinweggeschoben und viele von uns unter sich begraben.

Manche endgültig. Final. Letal. Manche konnten sich noch befreien. Einige konnten von Verschonten oder selber Befreiten geborgen werden. Bei manchen kam jede Hilfe zu spät. Andere wurden gar nicht erst wiedergefunden und blieben verschollen, weil wir es aufgegeben hatten, nach ihnen zu suchen. Was hätte der Sinn davon sein sollen? Was unsere Motivation? Wenn nicht der Hunger. Aber um den zu stillen, waren unsere Vorräte an Toten vorerst auch ohne sie gross genug.

Am härtesten waren wir von einer Lawine getroffen, die uns in der Nacht im Schlaf überrascht hatte. Mit ihrer ganzen Wucht hatte sie sich gegen unsere Notbehausung geworfen, war in sie eingedrungen, hatte sich mit der behelfsmässig gegen die Kälte aus den Gepäckstücken aufgebauten Rückwand zusammen, sie vor sich herschiebend, in die Röhre des Flugzeugrumpfs hinein ausgegossen und viele von uns an die Wände gedrückt oder erstickt.

Was blieb uns anderes übrig, uns, die wir auch das überlebten, mit Glück, wenn man in einer Lage wie der unsern überhaupt noch von Glück sprechen konnte, als wieder aufzuräumen? Immer wieder von vorn anzufangen? In unserer Röhre, ausserhalb unserer Röhre. Die Fensterluken mit Händen und Füssen wieder freizulegen, wenigstens die, die unbeschädigt waren, damit wir im Inneren zumindest tagsüber ein wenig Licht hatten? Die Schutzwand, auch wenn sie uns diesmal nicht geschützt hatte, trotzdem wieder aufzubauen? Und unverzüglich damit anzufangen, unsere Nahrungslager, wie tief sie auch immer verschüttet sein mochten, mit blossen Händen wieder auszugraben? Da half nichts.

## XXXII

Die Nahrung war rationiert. Auch wenn immer mehr von uns selbst zur Nahrung gehörten, immer weniger zu den noch zu Ernährenden, so wussten wir, die wir uns noch ernährten, weil wir noch lebten und weil wir am Leben bleiben wollten, ja nicht, wie lange wir uns noch auf diese Weise, aus diesem Vorrat ernähren mussten. Zwar konnte stündlich die Rettung, an die wir noch glaubten, an die wir nicht mehr glaubten, je nachdem, beides, abwechslungsweise, bei uns anlangen, vom Himmel herab oder vom Horizont her, vielleicht war sie ja wirklich unterwegs, und wir hatten das Radio, dessen Akku inzwischen auch leer war, nur falsch verstanden, und gleich war sie da, schob sich über die Horizontlinie ins Bild, in unser Blickfeld, als was auch immer, wir wussten längst nicht mehr, wie wir sie uns vorstellen sollten; aber die Rettung kam nicht.

Vorerst gab es täglich zwei Mahlzeiten. Zwei Essensausgaben. Morgens und abends. Daran hielten wir fest. Morgens, damit wir durch den Tag kamen; abends, damit wir leichter einschliefen, damit uns der Hunger nicht vor dem Schlaf stand. So hatten wir es uns inzwischen eingerichtet. Einer schnitt; einer verteilte die Stücke, es ging seinen Gang. Schön der Reihe nach, reihum, auch wenn der Kreis immer kleiner wurde. Damit keiner zu kurz kam, damit keiner sich drückte. Selbst die, die sich anfangs versteckt hatten, die wir zwangsweise ernährt hatten, waren inzwischen freiwillig zu uns gestossen.

Nimm und iss. Nehmet und esset. Nehmet und esset alle davon, das ist der Leib eures Freundes, eurer Freundin, eures Vaters, eurer Mutter, eures Sohns, eurer Tochter, eures Bruders, eurer Schwester, der für euch hingegeben wurde. Wer von mir isst, wird leben, Amen. So war das

Geheimnis der Eucharistie nicht gemeint. Oder doch? Gerade so? Wie sonst hätte es denn gemeint sein sollen? In unserer Lage? Und überhaupt? Einer vom andern, einer durch den andern. Wir mussten es glauben. Es war unsere Art, einen Rest von verlorenem Glauben an irgendetwas trotz allem zu bewahren. Wiederzufinden. Ohne Glauben an den Sinn des Ganzen schien es uns nicht möglich zu überleben. Auch wenn es diesen Sinn gar nicht gab.

## XXXIII

Wir hatten uns weiter dezimiert. Vielmehr, wir waren weiter dezimiert worden. Durch alte und neue Verletzungen, die sich entzündet hatten; durch Wundbrand, dessen Fortschreiten nicht mehr zu stoppen war, auch nicht mittels Herausschneiden von lebendigem Fleisch oder Amputation einzelner Glieder; durch Lungenentzündung und andere Krankheiten, teilweise scheinbar geringfügiger Art, die aber im Zustand der Schwächung des Gesamtorganismus, in dem wir uns alle befanden, zumal auch die richtigen Medikamente fehlten, nicht mehr zu überwinden waren. Selbsttötungen, nach der einen, hatte es unter uns keine weiteren gegeben.

Erstaunlich genug vielleicht, auf den ersten Blick, auf den zweiten Blick vielleicht aber auch nicht. Auf des Messers Schneide, auf der wir jetzt alle balancierten, so nahe am Ende, so sehr unter Todesdrohung, gab es keine Freiheit zum Tod mehr. 18 still alive, hatten wir noch wenige Tage zuvor mit riesigen Lettern in ein Schneefeld geschrieben, sieben Frauen, elf Männer, mit vereinten Kräften, mit Händen und Füssen, in den Schnee getreten, in der irrsinnigen Hoffnung, dass es von weit oben, von einem zufällig überfliegenden Flugzeug aus, deren es durchaus noch gelegentlich welche gab, wenn auch sehr in der Ferne, seitlich, über dem Horizont, nicht direkt über uns, entdeckt und gelesen werden könnte. Dort drüben, ein wenig östlich, musste der Flugkorridor sein, der auch der unsere gewesen war oder gewesen wäre, einmal, vor langer Zeit, in einem anderen Leben; den wir verlassen hatten, aus dem wir hinausgeraten waren, warum auch immer, wir konnten uns kaum mehr daran erinnern.

Vielleicht, wahrscheinlich war alles hoffnungslos, aber die Hoffnung, wie immer gesagt wurde, wir erfuhren es nun am eigenen Leib, starb wirklich zuletzt. Und dann, so oder so, mussten wir ja auch etwas tun mit der verbliebenen, mit der uns verbleibenden Zeit. Die Pferde bewegen, wie wir uns sagten, auch wenn es hier keine Pferde gab. Die alten Redensarten, sie hielten sich lange am Leben. Auch wenn die Tage gezählt waren, waren sie lang. 18 still alive, das gab uns auch so etwas wie einen Rest von sich aufbäumendem Selbstgefühl, von verzweifelter Selbstbehauptung, von absurdem Stolz, ja, von Identität, am Rande der Auflösung von allem. 18 still alive: das waren wir. Das waren wir gerade noch gewesen.

## XXXIV

Inzwischen waren wir nur noch sechzehn. Ein verlorener, verschworener kleiner Haufen. Je weniger wir geworden waren, umso enger waren wir mit der Zeit zusammengerückt, um eine imaginäre Mitte, die unser Leben war, die unser Sterben war. Auch wenn jeder von uns seinen eigenen Gedanken nachhing. Den eigenen Erinnerungen. Den eigenen Hoffnungen. Wo sonst nichts mehr war, waren sie alles, was blieb.

Manchmal erzählten wir einander davon. Jeder dem nächsten. Der gerade am nächsten bei ihm stand oder sass. Jeder konnte jetzt der nächste sein, im räumlichen wie im zeitlichen Sinn. Manchmal ganz offen, vor allen. Es gab keine Geheimnisse mehr. Zeit hatten wir, scheinbar im Überfluss. Auch wenn sie zu Ende ging, war sie das Einzige, neben der Erinnerung, das wir im Überfluss hatten.

Das eine füllten wir mit dem andern. Die Zeit mit der Erinnerung. Die Erinnerungen glichen sich. Auch wenn sie an den scheinbar entlegensten, weltweit voneinander entfernten Leben hingen. Ein paar Freuden, ein paar Sorgen, ein paar Pläne. Die meisten nicht verwirklicht. Mehr nicht getan als getan. Nichts Aufregendes, nichts Besonderes, aus dieser Entfernung; im Grunde immer dasselbe, immer dieselben Geschichten, ein und dieselbe Geschichte. Eltern, Geliebte, Kinder, und wieder von vorn. Mal so, mal ein wenig anders. In verschiedenen Sprachen; vor sich verändernder Kulisse; mit wechselndem Personal. Und manchmal seitenverkehrt, aus gegensätzlichem Blickwinkel, in unterschiedlicher Perspektive, je nachdem, ob Mann oder Frau. Worauf es aber von so weit weg, von so weit da oben, auch nicht mehr wirklich ankam. Selbst das Geschlecht spielte keine Rolle mehr. All das gesammelte Unglück, das also das Glück gewesen war. Von jetzt, vom Ende her gesehen. Ein anderes Glück hatte es nie gegeben. Wenn das der Tag war, jetzt kam die Nacht. So hiess es in einem Gedicht, an das wir uns erinnerten; wir wussten aber nicht mehr, von wem es war und woher wir es hatten.

Am Abend, vor Einbruch der Dämmerung, schrieben wir wieder: Arme kleine Anna, wie verzweifelt wirst du sein, wenn wir bis zum Herbst nicht zu Hause sind. Es ist entsetzlich, daran denken zu müssen. Nicht unseretwegen, denn wir fürchten uns nicht mehr davor, harte Zeiten durchzumachen, wenn wir nur einmal wieder heimkommen. Es schneit jetzt gerade ein wenig, aber es ist wenigstens windstill und nicht so kalt. Ihr da unten habt sicherlich schöneres Sommerwetter.

**XXXV**

Tatsächlich war es wärmer geworden. Um einen Hauch. Jetzt spürten wir es. Nicht nur auf der Haut, auch in dem Rest von Seele, der uns geblieben war. Den wir Seele nannten, den wir noch immer als Seele empfanden. Selbst unter diesen extremen Bedingungen, selbst auf dieser extremen Höhe schien es so etwas wie Jahreszeiten zu geben. Wenigstens eine Ahnung davon. Während es unten längst Sommer war, stieg hier herauf jetzt vielleicht so etwas wie Frühling. Ein Anflug von Frühling. Worin immer der hier bestehen konnte. Wie immer er sich hier zeigen mochte, im ewigen Eis. In wärmerem, nasserem Schnee vielleicht. In einem Dehnen und Ächzen der Eisdecke. In kürzeren Nächten und längeren Tagen. Das nahmen wir zwar nicht wahr, aber wir wussten es.

Unsere Uhren funktionierten noch, sie zeigten uns Zeit und Datum immer noch an. Eineinhalb Monate waren seit unserem Absturz vergangen. Wir hatten den Zenit des Jahres noch nicht überschritten; mit dem eigenen Zenit sah es anders aus.

Zumindest die Eisblumen auf den Fenstern unserer Notbehausung blühten. Sie tauten jetzt tagsüber, wenn auch noch die Sonne schien, etwas häufiger ab, um aber nachts nur umso vielfältiger wieder auszukristallisieren. Wir hörten das Knistern in der Dunkelheit; am Morgen sahen wir das Ergebnis, bevor es sich unter der Sonneneinstrahlung wieder auflöste. Für solche Naturschauspiele, Sonnenauf- oder -untergänge, Wetterleuchten, Verfärbungen des Himmels, Wolkenformen, Schnee- und Eisformationen, hatten wir immer noch Augen. Für den Gang der Sonne vor allem, für alles, was mit der Sonne zusammenhing. Das *Leb wohl, schöne Sonne* aus unserer alten Welt und das *Good morning, sunshine* aus einer neueren lagen uns gleich nah am Herzen.

Wie auch immer. Die Sonne schien jetzt nicht nur länger, sondern auch öfter. Das war wirklich, das war nicht nur Wunschdenken. Die Wolkendecke riss häufiger auf. Unsere Fussstapfen im weicheren, feuchteren Schnee hinterliessen dunklere Spuren. Das war unser Frühling. Einen anderen hatten wir nicht.

## XXXVI

Einige witterten Morgenluft. Wir sprachen von Aufbruch. Wie schon so oft natürlich. Von allem Anfang an, oder doch beinahe, hatte es auch diese Möglichkeit immer gegeben. Und ein wechselndes kleineres oder grösseres Lager ihrer Verfechter. Warten und hoffen oder aber aufbrechen, war immer die Frage gewesen. Hilfe von aussen erwarten oder zur Selbsthilfe schreiten. Nachdem der erste Zweckoptimismus einmal verflogen war.

Aber diesmal meinten wir es wirklich ernst. Jetzt wollten wir es wissen. Wir wollten es endlich wagen. Das machten einerseits die plötzlichen Frühlingsgefühle, andrerseits der Umstand, dass wir immer weniger zu verlieren hatten. Dass die Risiken beider Alternativen, Bleiben oder Gehen, als ähnlich hoch einzustufen waren.

Zum hunderttausendsten Mal beugten wir uns über die Karte. Studierten die Höhenkurven. Suchten mit den Augen den Weg zwischen den Gipfeln hindurch, aus dem Kessel heraus, die Hänge hinab und in die Täler hinunter. Von den höheren, engeren Tälern in die weiteren, tiefer gelegenen Täler hinaus. Fuhren mit den Fingern den Grenzlinien zwischen den weissen, den grauen, den braunen, den grünen Flächen entlang. Immer wieder, immer von neuem. Weiss, das war Eis, das war klar, grau war Fels und Geröll, braun war wohl Erde, grün die Vegetation, was auch immer, Wald oder Wiese. Die Stewardess, die es genau gewusst hätte, war tot und gegessen, die konnte uns nichts mehr erklären.

Da, da hinab mussten wir kommen. Mussten wir kommen, falls wir gingen. Falls wir es wirklich riskierten. Dort hinab, wo es Wasserläufe gab. Hier waren sie eingezeichnet. Wasser in flüssigem Zustand. Wo wieder Tiere waren, wo das

Leben wieder begann. Bis zu den ersten Menschen. Wir suchten die gangbarste Route. Nach Westen schien es am besten. Auf der Karte lag alles so nah.

**XXXVII**

Die notwendige Ausrüstung musste zusammengestellt werden, die ein Überleben auf einige Zeit wenn schon nicht sicherstellte, so doch etwas wahrscheinlicher machte. Die wärmstmögliche Kleidung natürlich, die aber das Gehen über Eis und Fels nicht allzu sehr behindern durfte. Die passendsten Rucksäcke, aus all den verbliebenen Gepäckstücken heraussortiert, die auch in vollster Bepackung ihren Trägern zumutbar blieben. Flaschen, verschliessbar, wiederverschliessbar, für den Fall, dass man tatsächlich Terrain erreichte, auf dem kein Schnee mehr lag und trotzdem, zumindest an der Erdoberfläche, kein Wasser floss. Das war ja denkbar. In die man also noch letzten Schnee abfüllen konnte, für die nächste Wegstrecke. Schnee essen und Schnee trinken waren wir inzwischen gewohnt. Den letzten Schnee und dann wieder das erste Wasser. Wenn man überhaupt so weit kam. Aber ohne den Glauben daran, ohne den Glauben wenigstens an die Möglichkeit, ohne die Hoffnung darauf wäre jeder Versuch sinnlos gewesen. Und Verpackungsmaterial für unsere Nahrungsvorräte brauchten wir selbstverständlich, die waren natürlich das Wichtigste. Plastiksäcke, Hygienebeutel. Aus den Reisetaschen, den Koffern, der Bordversorgung zusammengesucht. In die wir das gefrorene, trockene Fleisch, in Portionen geschnitten, einfüllten. In denen es, auch wenn es auftaute, in tieferen Lagen, sofern man sie denn erreichte, noch für einige Zeit, ein paar Tage vielleicht, haltbar blieb oder haltbar zu bleiben wenigstens die Chance hatte. Streichhölzer natürlich, Feuerzeuge, um dort, wenn man dorthin gelangte, wo wieder Vegetation war, womöglich ein Feuer anzumachen, über dem man das Fleisch, selbst wenn es verdorben war, braten konnte. Möglichst viel davon musste mit. Es war der einzige Proviant, zumindest bis wir auf anderes Essbares stossen würden. Auch wenn uns diese Last nicht nur auf die Schultern, sondern auch auf die Seelen drückte, wir mussten sie tragen. Es war die letzte Investition in eine noch mögliche Zukunft. Alles, was wir zurücklassen mussten, war uns für immer verloren. Den Weg zurück, selbst wenn wir scheiterten, schlossen wir aus.

## XXXVIII

Das Wichtigste waren aber die Schlafsäcke. Ohne dicht schliessende Schlafsäcke waren in der Höhe, auf der wir uns befanden, ausserhalb eines geschützten Raums keine zwei Nächte zu überstehen. Nein, schon die erste Nacht war es nicht, würde unbedingt tödlich sein, da durften wir uns nichts vormachen. Nachts sanken die Temperaturen da oben immer noch auf gut minus zwanzig Grad. Und auch wenn man schnell abstieg, nachdem man aus dem Kessel erst einmal heraus war, und vielleicht schon am ersten Tag an die tausend Höhenmeter schaffte, was ja nicht sicher war, wer wusste, was hinter den Gipfeln und Graten, die wir sahen, an weiteren Gipfeln und Graten, die wir nicht sahen, folgte, und ob wir die Karte und unsere Position darauf auch nur einigermassen korrekt interpretierten, so würde es dort unten möglicherweise noch gar nicht viel besser sein. Was waren tausend Meter Gewinn, wenn man von über fünftausend Metern ausging? Vorsicht, vielleicht übertriebene Vorsicht, schien jedenfalls am Platz.

Doppelt genäht, buchstäblich, hielt in diesem Fall wirklich besser. Auch wenn wir, um alles doppelt nähen, Kleiderfetzen, Jackenteile, Futterstücke, die wir dazu erübrigen konnten, miteinander und übereinander verbinden zu können, ganze Pullover und andere Wollsachen auftrennen mussten, um zu Faden und Garn zu kommen. Notdürftig schafften wir es, ein paar halbwegs brauchbare Schlafsäcke zu vernähen und zu verschnüren, in die eingerollt sich ein paar Eisnächte vielleicht überleben liessen. Die man notfalls auch noch übereinanderziehen konnte, ineinanderfügen, zu doppelt dicken vereinigen, in denen sich aus zwei aneinandergelegten Körpern eine vielleicht vierfache, auf jeden Fall mehrfache Wärme erzeugen liess. Das war unsere Rechnung. So mochte es gehen. Wenn es überhaupt irgendwie ging. Aus den verschiedenen Necessaires und Reiseapotheken stellten wir darüber hinaus eine Notapotheke zusammen. Nützte sie nichts, so konnte sie jedenfalls auch nicht schaden.

**XXXIX**

Dazwischen fielen wir wieder manchmal verzweifelt übereinander her. Unvermittelt, aus dem Nichts heraus. Die wenigen, die noch geblieben waren und die die Kraft dazu noch hatten. Ohne Rücksicht auf das Geschlecht. Vereinzelt, in Gruppen, verknäuelt, zu Klumpen geballt. Rieben unsere Haut aneinander, so gut es ging, erwärmten unsere Körper aneinander und ineinander, soweit das möglich war, erhitzten unser Fleisch. Um gleich darauf in einem langen, sich fortpflanzenden Schrei, der von rundherum auf uns zurückschlug, wieder auseinanderzufallen; auch mit uns selbst. Es waren Anfälle, die uns im Kollektiv erfassten und wieder entliessen. Es war ein Funke, ein Feuer, ein Flächenbrand. Bei einem fing es an, sofort griff es auf alle über. Bevor es in der Eiseskälte wieder erstickte.

Wenn es vorbei war, wenn der Schrei geschrien war, wenn sein Echo in den Schneehängen verklungen war, wenn es wieder still war, um uns und in uns, schämten wir uns voreinander und vor uns selbst. Wir sagten uns, jeder sich selbst und einander, dass das alles doch einmal, früher, zu Hause, vor unserem Absturz, vor unserem Niedergang hier auf dem Eis, ganz anders gewesen war. Zumindest ganz anders gedacht. Und wir fragten uns, ob es je wieder anders werden konnte. Wieder wie vorher. Wenigstens wieder anders gedacht.

**XL**

Unser Aufbruch verzögerte sich. Wir verzögerten ihn. Immer wieder. Von Tag zu Tag. Noch einmal und noch einmal. Dem einen war der Schlafsack, dem anderen war die Frühlingsluft noch nicht warm genug. Und vor allem: Es konnte ja sein, dass ausgerechnet heute, am Tag unseres Aufbruchs, die Hilfe aus der Luft, wie unwahrscheinlich auch immer sie längst geworden war, dass also die Rettung von oben im letzten Moment doch noch eintraf, und gerade jetzt waren wir hinabgestiegen und am Ende dadurch verloren. Ganz auszuschliessen war das ja nicht, und wir hatten kein Recht, es nicht für möglich zu halten. Aber dann, als wir es schon nicht mehr von uns erwarteten, gingen wir trotzdem. Nach Westen, über den nächsten Grat, aus unserem Kessel hinaus, und von da immer abwärts: das war unsere Hoffnung.

Etwas Besseres als den Tod vielleicht nicht, aber den Tod jedenfalls finden wir überall, sagten wir uns. Keinen besseren, aber auch keinen schlechteren als hier. Wenn wir schon sterben mussten, dann lieber im Gehen, unterwegs, auf der Reise hinter den Horizont. An Anna schrieben wir noch einmal, bevor wir unsere Flaschenpost schlossen: Wie gerne würden wir dir Nachricht geben, dass es uns gut geht und dass uns keine Gefahr droht. Denn heute ist dein Geburtstag, zu dem wir dir nur das Beste wünschen. Aber wie schmerzlich ist es, denken zu müssen, dass wir vielleicht noch nicht einmal zu deinem nächsten zurück sind. Hab du Geduld mit uns. Wir werden schon Schritt für Schritt heimkommen.